TOTO

18 rue Barbès, 92128 Montrouge
ISBN : 979-1-0363-2696-7
Dépôt légal : juin 2021

Loi n°49-956 du 16 juillet 1949
sur les publications destinées à la jeunesse.

Imprimé en France par Pollina - 99534.

Marie-Agnès Gaudrat • Serge Bloch

TOTO

J'adore les animaux !

bayard jeunesse

Chapitre 1

Moi, j'adore les animaux !

Les petits, les gros, les moches, les beaux, ceux qui volent et surtout ceux qui bavent. Mais chaque fois que je dis à papa : « J'veux un animal », il me répond : « Pour quoi faire ? Lui arracher les pattes ou le couper en rondelles ? »

C'est enquiquinant les parents, ça voit jamais qu'on a grandi.

C'est vrai que, quand j'étais petit, j'arrachais les ailes des mouches et je faisais du pâté avec les vers de terre, mais j'ai changé.

Surtout depuis que je connais Mimi.

Mimi, elle aime tellement les animaux que chez elle c'est une ménagerie. Elle a une chatte, deux hamsters, trois canaris et même un marsupilami.

Hé, Toto, tu connais le rêve de l'araignée ?
Euh... Non...
Accrocher sa toile au musée...
Ha, ha, ha !
Hé, Toto, qu'est-ce qui est vert et qui fait meuh ?
Euh... un Martien herbivore ?
La vache kiwi !
Hi ! Hi !

Mimi, elle aime tellement les animaux qu'elle connaît tous leurs secrets.

L'autre jour à l'école, j'ai dit :

– Oh ! Regarde, un mouche !

Elle a à peine levé les yeux et elle m'a fait remarquer :

– C'est une mouche, Toto !

C'est pas incroyable, ça !

À deux mètres du plafond, elle reconnaît une femelle !

Moi, j'adore les animaux, mais je m'y connais moins bien que Mimi.

Quand mamie Sissi m'a offert un poisson rouge, je l'ai regardé un peu tourner dans son bocal.

Mais j'ai pas bien compris à quoi il voulait jouer. Alors, je l'ai oublié. Il a dû se vexer : huit jours plus tard, il était mort.

Mais comme j'adore les animaux, avec Mouloud, on lui a creusé une jolie petite tombe en bas de l'immeuble, juste sous la fenêtre de monsieur Ronchon.

J'étais triste de ne plus avoir d'animal, alors quand je suis allé en vacances chez mémé, la maman de maman qui vit à la campagne, j'ai apprivoisé un crapaud.

Je voulais le ramener à la maison, mais avec les embouteillages, quand on est arrivés il était tout desséché.

Le lendemain, avec Mouloud, on l'a enterré bien gentiment en bas de l'immeuble, juste sous la fenêtre de monsieur Ronchon.

C'était joli, ces petites croix qui commençaient à s'aligner... Mais monsieur Ronchon, qui n'est jamais content, ronchonnait :

– C'est plus un jardin, ici, c'est un cimetière !

Le pauvre, il ne croyait pas si bien dire, parce que, le jour où j'ai eu mon canari, le chat de monsieur Ronchon a voulu l'avaler et… il l'a pas bien digéré !

Alors, avec Mouloud, on a creusé une grosse tombe juste à côté des deux autres pour mon canari qui était dans le chat de monsieur Ronchon.

Toute la nuit, on a entendu monsieur Ronchon appeler :

– Minou ! Minou… minou… minou… minou… minou… minou…

Et papa n'a pas bien dormi.

Chapitre 2

Je crois que c'est pour ça que le lendemain papa a dit :

– Bon, les animaux on a donné, on va faire une petite pause.

Je n'ai pas insisté, parce que je le connais, papa, quand il tremble comme ça, c'est pas la peine de discuter, il m'écoute pas.

Mais une heure plus tard, je suis allé le voir :

– Papa, je sais ce que j'veux comme animal, j'veux un chien !

Aussitôt, il s'est remis en mode vibreur. Il a crié :

– Écoute-moi bien, Toto, il n'y aura pas de chien dans cette maison, pour la bonne raison que je viens de commander un canapé tout neuf !

Je ne voyais pas le rapport, alors je lui ai expliqué :

–Mais papa, le chien, c'est pas pour m'asseoir dessus en regardant la télé, c'est juste pour jouer.

Alors il s'est encore énervé et il a encore crié :

–Il n'y aura pas un poil de chien sur ce canapé ! Compris ?

Pff… J'étais dégoûté ! Pour me changer les idées, je suis monté chez Mimi.

J'ai drôlement bien fait, parce que sa chatte venait juste d'avoir ses petits.

C'était trop mignon, tous ces petits chatons collés à leur maman dans un gros carton.

Tout de suite j'ai pensé :

« En attendant mon chien, ce serait pas mal, un chat… »

Mimi a bien voulu me donner un petit, mais il fallait pas le séparer de sa maman tant qu'elle l'allaitait, alors…

Alors, je suis rentré chez moi sur la pointe des pieds… J'ai mis les mains sur les yeux de papa et j'ai dit :

– Coucou ! Devine ce que j'ai ! Ça a vingt-huit pattes, des moustaches et ça boit du lait…

Papa m'a dit :

– Si c'est un extraterrestre, dis-lui de remonter dans sa soucoupe avant d'avoir une contravention. Mais si c'est, comme je le crains, une chatte avec ses six petits, je te conseille de les ramener dare-dare chez Mimi !

Pff… c'était encore raté !

Mais je n'ai pas dit mon dernier mot !

Comme dit mamie Sissi, quand j'ai une idée dans la tête, c'est comme l'ongle du gros orteil, c'est pas facile de l'arracher !

J'ai ramené sa chatte à Mimi.

Alors, pour me remonter le moral, elle m'a dit :

– Viens, on va faire un tour.

Dans la rue, je pouvais pas m'empêcher de regarder tous les chiens. C'est incroyable comme ils ressemblent à leur maître.

Il y avait un gros chien plein de plis que promenait un gros monsieur plein de mentons. Mimi m'a dit :

– C'est un bouledogue.

Je lui ai fait plein de guilis partout dans ses petits plis et, pour me remercier, il s'est secoué et m'a éclaboussé.

C'était génial, on aurait dit le tourniquet qui arrose la pelouse chez mémé.

En revenant en bas de l'immeuble, on a dû faire un grand détour, parce que monsieur Ronchon tournait en rond autour de la tombe de son chat en ronchonnant :

– Si je trouve celui qui a fait ça, je lui casse les dents, les bras et je lui brise les tibias !

Quand je suis rentré à la maison, j'ai dit à papa :

– Je sais ce que j'veux comme chien. J'veux un bouledogue, c'est le plus bavant des chiens !

Papa m'a jeté un regard noir, mais il n'a rien dit parce qu'il y avait les livreurs qui étaient en train d'installer le canapé.

Quand les livreurs sont partis, papa m'a regardé bien droit dans les yeux pour me mettre en garde.

–Pas un poil de chien, pas une bavouille ici, c'est compris ?!

Et il s'est allongé sur le canapé pour faire une petite sieste.

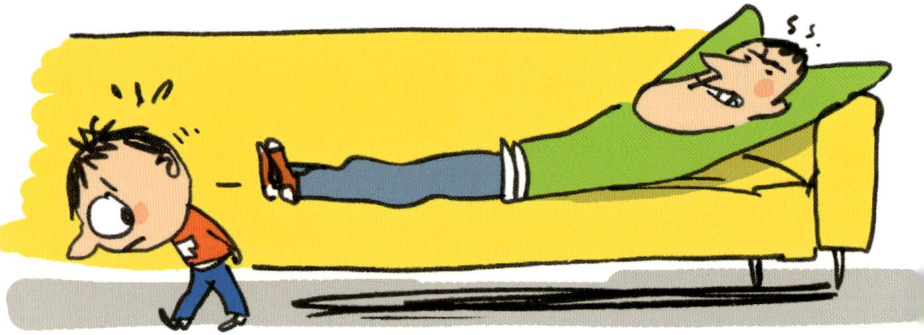

Alors moi, j'ai tourné autour du canapé en répétant :

–Je m'ennuie, je m'ennuie, je m'ennuie, je m'ennuie, Ah ! Qu'est-ce que je m'ennuie…

Et je me suis ennuyé comme ça tout l'après-midi !

Le soir, mamie Sissi a appelé.

C'est maman qui a décroché.

Elle a crié :

– Chéri, pour changer les idées à Toto, ta maman propose de l'emmener demain au zoo !

Tu sais pourquoi les éléphants emmènent leurs raquettes sur la plage ?
... Pour ne pas s'enfoncer dans le sable...
... Et tu sais pourquoi les autruches mettent la tête dans le sable ?
Non.
Pour discuter avec les éléphants qui n'avaient pas de raquettes !
GASP

Chapitre 3

Le lendemain, on était tous au zoo : Mouloud, Gogo, Flagada, Mimi, mamie Sissi et moi !

Gogo était déchaîné.

Devant le chameau, il a dit :
– Regardez, il s'est trompé, il porte sa poitrine sur le dos.

Devant l'enclos des éléphants, il a pouffé :
– Et eux, ils portent leur zizi devant !

On n'arrêtait pas de rigoler, quand on a entendu un long cri perçant.

C'était Mimi qui se tirait les couettes en pleurant :

– Vous n'avez pas honte de vous moquer comme ça de nos amis les bêtes ?!

Impossible de la calmer !

Pour la consoler, mamie Sissi nous a offert une tournée de barbes à papa. Moi, j'ai horreur de ça, c'est rose, et ça a pas de goût.

Mais ça a un gros avantage, c'est qu'on s'en fout partout !

On en avait jusqu'aux cheveux quand on est tombés sur Charles-Jean Proudelle, le chouchou de la maîtresse. On était tellement poisseux que c'était l'occasion de lui faire la bise, chacun son tour.

Et encore un p'tit tour !

Quand on a eu fini de s'essuyer sur ses joues, je lui ai demandé :

– Qu'est-ce que tu fais là ?

Il a eu l'air surpris :

– Ben, quelle question ! Je révise pour le cours de sciences naturelles !

C'est un grand malade, ce Charles-Jean, il travaille même le dimanche et même en vacances.

Flagada, ça lui fait pitié, il a dit :

– Mon pauvre, tout ce que tu vas gagner, c'est d'être le premier à ton enterrement.

Dans le silence qui a suivi, on a entendu Gogo s'écrier :

– Oh ! des chevals !

Mamie a dit :

– Voyons, Gogo, ce ne sont pas des chevals, mais des chevaux.

Gogo a mis sa main en visière pour se protéger les yeux du soleil et il a dit :

– Ben dis donc, vous avouerez que ça ressemble beaucoup à des chevals.

Mamie Sissi m'a jeté un regard bouillant d'amour et de tendresse.

Je devrais l'inviter plus souvent, Gogo, parce que, quand il est là, je vois bien que toute ma famille est fière de moi.

La visite était presque finie.

Charles-Jean Proudelle nous l'avait bien pourrie. Alors, en passant devant la cage des singes, on s'est un peu vengé :

– Oh, regarde, Charles-Jean comme ils te ressemblent !

Pas de chance, Mimi nous a entendus.

Avant qu'elle se tire les couettes, on s'est tous précipités pour la rassurer :

– T'inquiète, on est bien trop loin pour qu'ils nous entendent !

Devant l'immeuble il y avait encore monsieur Ronchon qui tournait en rond, en ronchonnant :

– Si je trouve celui qui m'a fait ça, je lui arrache les yeux et je lui brise les rotules.

En arrivant à la maison, mamie Sissi a tout de suite dit :

– Vous devriez prendre un chien de garde. Il est complètement givré, votre voisin du rez-de-chaussée, vous savez ce qu'il a dit ?

Et elle a tout répété.

Le lendemain au petit déjeuner, j'ai glissé discrètement :

– J'veux un chien !

Papa a recommencé son couplet sur les poils et les canapés, alors moi j'ai pris une biscotte.

C'est un bon truc, les biscottes, pour ne pas entendre les conversations qui tournent en rond.

Patience, patience…
J'ai pas dit mon dernier mot.
Comme dit mamie Sissi,
quand j'ai une idée
dans la tête, c'est
comme la fève
dans la galette.

C'est quand on ne s'y attend plus que crac ! on tombe dessus !

J'ai encore une cartouche à jouer; parce que samedi, hé ! hé ! c'est mon anniversaire !

Juste avant de partir à l'école, j'ai passé une tête dans la cuisine :

– Vous savez ce qui me ferait plaisir pour mon anniversaire ?

Papa devait s'en douter, parce qu'il n'a pas attendu ma réponse pour s'énerver.

Mais maman, elle, voulait savoir, alors je lui ai dit :

– Je voudrais un chien, un vrai, et un père en peluche, ça me reposerait !

Oups ! Ça, ça ne lui a pas plu, à papa.

Quand je suis parti à l'école, il se disputait avec maman.

Mais quand je suis rentré le soir, papa était tout calme. Il m'a dit :

– Toto, il faut qu'on parle.

Dans ces cas-là, le truc c'est de parler le premier. J'ai dit :

– C'est de ta faute, tu m'écoutes jamais, tu cries tout le temps !

Mais il faut savoir se montrer tendre aussi, alors j'ai ajouté :

– C'est vrai, mon p'tit papa, en ce moment j' te reconnais pas.

Papa, au fond, c'est un gentil, il m'a regardé droit dans les yeux et il a dit :

– Écoute, Toto, on en a parlé avec ta mère, si tu nous rapportes un bulletin sans un seul zéro, promis, tu l'auras, ton chien !

Waouh ! J'ai sauté au plafond !

C'est quand je suis retombé que j'ai réalisé :

– Mais, papa, un carnet sans un seul zéro, c'est juste PAS POSSIBLE !

Chapitre 4

Le lendemain, en arrivant à l'école, j'ai réuni les copains pour leur expliquer la situation.

Gogo a écarquillé les yeux :

– Pas un seul zéro, il est maboul, ton père !

Mouloud a soupiré :

– T'as pas le choix, tu dois te cacher dans les toilettes !

Heureusement qu'il y a Flagada, avec son air de roupiller, c'est encore lui qui a eu la meilleure idée :

– Moi, si j'étais toi, je passerais la journée à l'infirmerie.

Et c'est ce que j'ai fait ! Le mercredi, je l'ai passé au lit, pour être sûr de ne pas faire de bêtises.

Chaque fois que maman passait une tête, je disais :

– Chut ! Je révise !

Le jeudi, tous les copains se sont cotisés pour que Charles-Jean Proudelle accepte d'être mon voisin.

Ils ont été bien récompensés, j'ai eu trois 10 ! Mais vendredi, catastrophe ! Charles-Jean Proudelle était malade ! Si près du but ! C'était trop nul ! J'ai hurlé à la mort !

LÀ-HAUT ! UN ÉLÉPHANT !
OÙ ?
HUMPHF
Mh !

La maîtresse n'a pas compris.

Elle m'a dit :

– Mais enfin, mon petit Toto, il ne faut pas te faire du souci comme ça pour ton petit camarade, c'est juste une indigestion.

Et pour me changer les idées, elle m'a fait venir au tableau !

Elle a dit :

– Allez, Toto, puisque tu es gentil, un petit exercice facile : fais-moi une longue phrase avec le plus de mots possible.

Tous les copains soufflaient en même temps, j'entendais rien…

Alors, j'ai cherché dans ma tête la plus longue phrase que j'ai entendue récemment et j'ai dit :

Les copains m'applaudissaient, mais la maîtresse a crié :

– CHUT ! Ça va… J'ai compris… Maintenant, essaye de me faire une phrase dans laquelle tu emploies six fois le mot « mais ».

Houla, elle est vraiment tordue, ma maîtresse, c'était super difficile.

Mais j'ai pensé à ma vie, et je m'en suis bien sorti, j'ai dit :

– Mes mémés m'aimaient, mais pas mon papa !

C’était super émouvant. Mes copains pleuraient, et la maîtresse était tellement bouleversée qu’elle a dû s’allonger.

C’est vraiment pas de chance qu’elle n’ait pas une bonne santé, parce que du coup, l’après-midi, c’est le directeur qui l’a remplacée, et lui, il a des nerfs d’acier !

Chapitre 5

Le soir, j'ai tout essayé pour effacer les zéros, la gomme, l'eau de Javel, la pierre ponce !

Résultat : mon carnet était plein de trous. Alors j'ai tenté le tout pour le tout, j'ai écrit une lettre.

J'ai posé la lettre sur le canapé et je suis allé me cacher dans la baignoire.

Chère papa,
j'ai enfin compri
que se serai un tro gros
maleur davoir des poil
de chien sur notre bo canapé
tou neufe alor j'ai dessidé
de ne plus ten parlé et même
de ne plus jamai t'en bêter.
Je vai vivre chez meussieu
Ronchon, tan pi si il me
tord le bras et me casse
le rotule.
ton fiss qui t'aimai
Toto

Et c'est comme ça que après m'avoir cherché toute la nuit, le lendemain matin, maman qui avait les yeux rouges, papa qui était pâle comme un œuf et Zaza qui avait bien dormi m'ont emmené à la SPA.

C'est un endroit formidable où il y a plein de chiens qui aboient dans tous les coins.

Et surtout, c'est là que m'attendait mon Toutou ! C'était le plus mignon, le plus poilu, le plus malin.

J'ai tout de suite su qu'on serait copains !

Depuis que j'ai mon Toutou, je suis le plus gentil des garçons.

Je lui ai appris plein de trucs : comment me faire ma toilette en trois coups de langue. Comment choper sous la table les trucs que je veux pas manger.

Il n'y a que mon carnet de notes qu'il ne sait pas encore signer, mais j'ai bon espoir, il s'applique !

Ce qui est sûr, c'est que j'ai drôlement bien fait d'insister un peu, car maintenant, papa, il adore les animaux !

Bien sûr, il y a des poils partout et le canapé est tout mordillé, mais c'est de sa faute aussi.

Parce que le soir, quand il rentre, la première chose qu'il fait, c'est d'appeler :

« Toutou ! Toutou ! Où es-tu, mon chien ? »

Et ils se jettent tous les deux sur le canapé pour se faire un gros câlin !

BAYARD POCHE

la passion de lire

Jo champion de foot

Enquêtes à la montagne

Les dragons de Nalsara

Le journal d'Ella